죽지않을 만큼의 그리움

죽지않을 만큼의 그리움

2019년 11월 11일 초판 1쇄 발행
2019년 11월 11일 초판 1쇄 인쇄

지은이 | 최지아, 서정희

인쇄 | 예인아트

펴낸이 | 이장우
펴낸곳 | 꿈공장 플러스
출판등록 | 제 406-2017-000160호
주소 | 경기도 파주시 회동길 301 (파주출판도시)
전화 | 010-4679-2734
팩스 | 031-624-4527
이메일 | ceo@dreambooks.kr
홈페이지 | www.dreambooks.kr
인스타그램 | @dreambooks.ceo

꿈공장⁺ 출판사는 모든 작가님들의 꿈을 응원합니다.
꿈공장⁺ 출판사는 꿈을 포기하지 않는 당신 곁에 늘 함께하겠습니다.

ISBN | 979-11-89129-43-9

정 가 | 12,000원

죽지않을 만큼의 그리움

<추운 겨울에도 꽃은 피겠죠>

최지아

<목비>

서정희

<추운 겨울에도 꽃은 피겠죠>

최지아

그대의 온기가 스미면,
새하얀 눈밭에 꽃내음이 번지네요.

새하얀 종이에 쓰인 온기가
그대에게 스며
한 송이의 꽃이 되기를 바랍니다.

가을에 안기다

마음을 관통한 바람이
하늘에 색을 쏟으니

나뭇잎이 색을 덧대고
감은 무르익는다

마음을 관통한 바람이
하늘에 색을 쏟으니

황금 들녘의 허수아비
두 팔 벌려 위로한다

괜찮다. 괜찮아

완연한 가을이다

사랑이 올까요

발장구에
일렁이던 물결이
머얼리 달아난다

첨벙첨벙

말 한마디에
일렁이던 마음이
잔잔해진다

첨벙첨벙

달아난 물결이
잔잔해진 마음에
스미면

다시, 일렁일까

날카로운 말

목표물 없이
허공에 쏘아진 화살은
한참을 떠 있다
한 곳을 향해 떨어져
하얀 눈밭에
빨알간 꽃을 피운다

슬픈 꽃이 피었다
너에게도, 나에게도

하기 힘든 일, 용서

다가오지 마세요
당신의 짐을 덜고자 함이라면

다가오지 마세요
당신을 마주할 용기가 없어요

다가오지 마세요
그냥 모르는 척 지나가주세요

당신과 나, 이대로
한 켠에 묻어두고 잊은 척 살아가요

내가 이곳에

온 몸을 파랗게 칠하고
아무도 찾지 못하게
바다로 들어간다

바닷속에 숨어
아무도 찾지 못하게
숨마저 참는다

뽀글뽀글

아껴둔 숨을
실수로 포장해
한 번씩 뱉어낸다

내가 이곳에

나의 어둠이 너를 부를 때

나의 어둠이
너를 부를 때

그 부름에
응답해주기를

뒤덮인 어둠이
눈멀게 할지어도

어둠 속에서
빛을 밝혀주기를

나의 어둠이
너를 부를 때

너의 빛으로, 어둠을
눈멀게 해주기를

어머니

당신의 한숨을
당신의 눈물을
모르는 척 했습니다

나의 어둠도 짙기에
당신의 어둠을
모르는 척 했습니다

그럼에도 당신은 왜
나의 어둠을 비집고
손을 건네시나요

그 강을 건너지 마세요

새하얀 꽃 주변으로
검은 그림자가 드리워지고

눈 감은 꽃 위로
마알간 소나기가 내린다

마르지 않는 소나기가 무색히
꽃은 나비가 되어 날아가고

나비의 날갯짓으로
검은 그림자는 걷혀질까

우지마라
우지마라

산다는 것은 꽃과 같아서

무엇이 될지 모를 새싹 하나
흙 밖으로 고개를 내미네

따사로운 볕을 쬐고
비바람을 견디며

꽃봉오리 맺은 너는
어떤 색을 띠며 활짝 피려나

따사로운 볕을 쬐고
비바람을 견디어낸

아름다움 내뿜던 작은 꽃 하나
조용히 고개를 떨구네

산다는 것은 꽃과 같아서

하늘이 어둠으로 물들면

하늘을 닮고 싶었던 나는
밤하늘의 어둠까지 닮아버렸다

하늘이 어둠으로 물들면
그 어둠을 나에게도 칠했다

어둠을 칠하고 칠하니
깊은 어둠 속에 갇혔다

깊은 어둠 속 별이 있다면,
그 별은 얼마나 밝을까

별이여,
이곳에 길을 밝혀다오

시끄러운 고독

타닥타닥

물 먹은 솜이
가득 찬 흑백의 공간

타닥타닥

네모난 빛에
눈 멀어버린 자들

타닥타닥
타닥타닥

시끄러운 고독

길

길을 찾지 못해
수 없는 나날을 헤매이다
인파에 휩쓸리고 휩쓸려
머물러 있는 이 길이
내가 찾던 그 길이었을까

절뚝이는 걸음

그들의 시선이
나를 가뒀고

그들의 관심이
나의 목을 졸랐다

눈앞은 까마득하고
주변은 고요하다

쌔액쌔액

거칠어진 숨소리가
나의 귀를 때린다

선명해지는 눈앞에
거친 숨을 고르고

눈을 감고 귀를 막아

절뚝이는 걸음을 내딛는다

풍선

숨결이 닿지 않은
조그마한 풍선 속
소리 없는 바람이
스며들었다

바람의 몸짓에
부푼 풍선은
두둥실 두둥실
내려올 줄 모른다

바람이 데려다 준
빠알간 장미넝쿨,
눈 먼 풍선이 맴돌다
이내 가시에 둘러싸여

펑!

꽃

네가 꽃을 피울 수 있다면
나, 기꺼이 양분이 되겠다

꽃을 핀 네가 알아차리지 못한다 한들
나, 시들지 않게 양분으로 남겠다

고개 숙여 시들어 갈 때 알아차린다 한들
너, 미안함에 꽃잎을 떨구지 마라

나, 충분히 아름다운 꽃을 보았으니

초침

째깍째깍
시간이 지나간 자리
적막함이 고개 드네

째깍째깍
사랑이 지나간 자리
커피만 식어가네

째깍째깍
풍경이 멈춘 자리
초침이 그림자를 드리우네

계절의 끝

이 계절의 끝자락
바람에 힘없이 떨어지는 낙엽

힘없던 너의 목소리
너에게 난 바람이었을까

이 계절의 끝자락
조용히 읊조리는 너의 이름

아려오는 나의 마음
아직 넌 여기에 있구나

괜찮지 않아도 괜찮아

안정된 직장
타인과 비슷한 하루의
적당한 소음

이정도면
잘 살아가고 있다
잘 살아내고 있다

스스로 최면과
주변의 격려로
견고한 가면을 만든다

그렇게 몇 년,
속이 빈 가면만 남은
나에게 던지는 질문

이대로 괜찮아?

가리어진 무지개

끝이 보이지 않는
삭막한 길 위

변함없이 흘러가는
웃음기 잃은 하루

회색빛 구름 속
희미한 무지개

가리어진 무지개를 찾아
오늘도 길 위로

꿈

손을 뻗어
반짝이는 네게
닿기 위해

고개 들어
좇는 발걸음이
바쁘다

조금만 더
조금만 더

바위

올곧은 바위를
시샘한 파도는
거세게 몰아쳤다
상처 입은 바위가
자갈이 되길 바라며

몰아치는 파도를
견뎌낸 바위는
더욱더 견고해졌다
보란 듯이
자신만의 모양을 내며

지친 파도가 멀어져간다

부디

지나가던 바람이면
이대로 지나가다오

이곳에 머물며
태풍이 되지 말아다오

넓은 세상

좁은 우물 안에서
드넓은 바다라
믿고 있었네

낮은 언덕 아래서
오를 수 없는 산이라
믿고 있었네

작은 세상 안에서
보이는 것이 전부라
믿고 있었네

사랑이 내게로

네가 걸었을 길 위,
너를 찾는 얼굴에
설렘이 가득하다

은은한 햇살도
간질거리는 바람도
너를 찾는다

너에게 안길
장미꽃마저
빨갛게 물들었다

저 머얼리
네가 내게로 온다

사랑이 내게로 온다

처음, 그 설렘

날이 좋았다
눈 닿는 곳곳이 그림이었고
그 속에 네가 있었다

너만 보였다
손만 닿아도 울렁였지만
잡은 손을 놓지 않았다

눈이 마주쳤다
주변은 고요해지고
두 볼은 햇살을 머금었다

사랑이 무어냐 물으신다면

그대가 나에게
사랑이 무어냐 물으신다면,

그대의 모습을
가만히 응시할 것이오

그대가 나에게
사랑이 무어냐 물으신다면,

나의 까만 눈동자를
그대에게 보여줄 것이오

내게 가득한 그대를

햇살

둘 만의 공간,
햇살을 머금은 눈빛이
너를 비추면

햇살을 품은 넌,
두 볼이 상기되고
가빠진 숨을 내뱉고

서로를 비추는
햇살이 섞이면,
그렇게 너와 나는

장마

꽃 피는 봄날은 짧았고
찾아 온 비는 길어진다

봄이 갔기에 비가 오는건지
비가 오기에 봄이 가는건지
알 수는 없다

다만, 그치지 않는 비로
봄을 찾을 수 없게 되었을 뿐

가면

빛이 걷히고
어둠이 차오르면
드러나는 본심
변해가는 눈빛

어둠을 숨기고
억지 빛을 밝히니
겨우 생겨나는
적정거리

지친 빛이 색을 바래
어둠을 불러오더라도

제발

호기심 천국

사냥감을 향한
의도적인 접근

분주한 입술 사이
억지스런 이해

뻔히 보이는 호기심

불편한 관심

눈치

넓은 땅,
두 발이 머물 곳은
어디인가

많은 장소,
몸뚱어리 뉘일 곳은
어디인가

굴리는 눈알과
뜯기는 손톱이 쉴 곳은
어디인가

나는,
어디로 가야하는가

청개구리

성난 하늘이
비를 쏟으면

청개구리 울음
멈추지 않네

개굴개굴
개굴개굴

성난 하늘이
비를 쏟으면

청개구리 된 울음
그 누구도 모르네

모기

윙윙
귓속 가득 소음을 주고
보이지 않는다

윙윙
붉은 점을 새겨놓고
보이지 않는다

윙윙
이 마저도 놓치는데
어찌 너를 잡겠는가

향이나 피우자
잊게. 잊어버리게

할미꽃

꽃잎 없이 견딜
바람이 강해
고개를 숙였을까

꽃잎 없이 지낼
시간이 까마득해
고개를 숙였을까

숙인 고개 밑
눈 닿는 곳, 그 곳에
싹을 틔워
입을 맞추겠다

어둠을 게운 밤

생각을 먹어
커진 어둠 속에 웅크려
새하얀 종이에
까아만 활자를 게워냅니다

아, 오늘 밤엔 유독
달이 밝습니다

어느 여름날

습기를 머금은 여름,
터덜이는 걸음에
한숨이 서렸다

머물던 바람이
살랑여 보지만
숨이 막혀오는 듯하다

쏴아아

고요한 여름 바다도
바람이 다녀간 듯
한숨을 토해냈다

권태기

날카로운 말이
서로를 찌르고

보이지 않는 상처가
이따금씩 아프다

지친걸까

한여름의 무더위를
앞세운 말을 내뱉고

뒤이어지지 못한,
입안에 머문 말을

녹아내린 얼음에 쓸려
목구멍으로 삼킨다

서로의 온도

너는 차갑고
나는 뜨거웠다

나의 온기에 네가
점점 달궈지길 바랐지만

너의 냉기에 내가
점점 식어간다

너는 여전히 차갑고
나는 차가워진다

사랑한다는 말

더 뜨겁게, 더 달아오르게
온실에 우리를 묶었다

올라오는 수증기에
발버둥 쳐보지만

입 밖으로 던져진
밧줄이 목을 조른다

숨이 멎는 순간,
여전히 무기력하다

이상한 날

이상한 날이다
6월 초, 8월의 폭염이
미리 인사라도 하듯
아지랑이가 넘실거렸다

이상한 날이다
늘 가던 미용실 앞엔
휴무가 쓰인 안내판이
낯설게 자리했다

이상한 하루,
이질감 드는 벨소리에
놀라 주춤이던 손만
이별을 예감했나보다

깊게 베인 상처

그 시절 우리는
아니, 그 시절 나는
칼이었나보다. 너에게

사소한 일에도
깊게 파이는구나. 너는
아물고는 있을까

그 시절 나에게
칼집이 있었다면
깊지는 않았겠지. 상처가

너는, 여전히 아프다

도돌이표

졸린 눈을 비비며
어제와 같은 오늘을 깨운다

새로운 일도 특별할 것도 없는
회색 빛 건물 속, 회색 빛 사람들

컨베이어 벨트 위 삐에로 인형처럼
흘러가는 시간에 몸을 맡긴 채

꿈도 열정도 잃어버린
오늘을 재운다

눈을 뜨면
오늘과 같은 내일을 만나겠지

숨 막히는 공간

무거운 공기 속
굳게 닫힌 입술

분주한 머릿속
초점 잃은 눈동자

표정 잃은 얼굴
반쯤 밀려나온 의자

숨 막히는 공간

도미노

알 수 없는 손이
도미노를 세운다

세워지는 도미노 사이
넋 놓은 점 하나

알 수 없는 입김이
도미노를 무너뜨린다

파묻힐까 내달리는
넋 놓던 점 하나

가쁜 숨 한번, 한번에
흐릿해진다

잠시 멈춘 도미노 위
알 수 없는 음성

숨이 멎기 직전,
달릴 수 있는 만큼

딱 그만큼이다

두 사람

조금은 흔한 이야기를 해볼까 해
두 사람의 사랑이야기를

한 낮의 소나기처럼 넌,
예고도 없이 나에게 내렸고
우산도 없던 난, 너에게
완전히 젖어버리고 말았지

그렇게 우린,
서로의 온기에 기대었지

흔하디 흔한 사랑 노래에 취해
더 좋은 사람이 되겠다며,
영원하지 않은 시간에
서로의 마지막을 약속했지

빛나고 있어. 충분히
꺼지지 않는 빛으로, 서로에게

별

하늘이 별을
쏟아냈다

쏟아진 별을 따라
도착한 곳엔

쏟아진 별을 머금은
네가 있었다

한마디

비구름인지
눈구름인지
모를 먹구름이
몇 날 며칠,
머리 위를 드리우다
사랑한다 한마디에
구름 사이사이로
빛이 부서진다

뱉을 수 없는 말

펜을 든 손이 무색히
허공에서만 주춤이고

정리되지 않는 말이
입 안에서만 맴돈다

쏟아내버리면
담아내기 힘들까

쓰지도 뱉지도 못 할
말을 삼켜버린다

참 쓰리다

연필

나의 살을 깎아
아픔을 쓴다

살이 패인 곳
드러난 검은 마음이

사각사각
사각사각

울부짖는다

어둠이 깊은 밤

표출되지 못하는
불안함이 쌓이고 쌓여

보이지 않는 손으로
너의 목을 옥죄어

네 숨이 멎을까
두려운 밤이다

형광등

나의 생이 다해감을 느낍니다

구석구석 숨겨진 어둠까지
걷어내지 못했습니다

빛이 닿지 않았던 곳엔
눅눅한 곰팡이가 피어오릅니다

나의 생이 다하면 방은,
어둠으로 뒤덮일까요

깜빡깜빡

조금 더, 조금만 더
견디어 보려고 합니다

햇살이 창문을 두들길 때까지

낚시

물속으로
해가 가라앉는
고즈넉한 풍경

가만히 앉은
시선이 머문 곳
유일한 움직임

물속에 숨은
반짝임이 남긴
작은 생채기

건져지는 아픔과
새어나오는 피,
뿌옇게 물든 풍경

파랗게 물든 마음

파랑을 좋아한 너는
스스로를 칠하고
주변을 물들였다

너를 사랑한 나는
너의 색을 껴안아
파랗게 물들여진다

너와 나의 색은
바다보다 깊고
하늘보다 높았지만

바래져만 가는 날에
너는 나에게 색을
돌려달라 한다

너와 내가 칠했던
바다엔 모래만 남았고
하늘엔 구름이 일었다

파랑이 지워진 풍경에
여전히, 아직도
나의 마음은 파랗다

이 또한 흘러가리

바람 잃은 구름이
머리 위에 머문다

고여지는 구름에
색이 지워지고
표정이 사라진다

머뭄이 약속해
몇 날 며칠,
장대비를 쏟는다

물결이 흐르면
고인 구름도 흩어지겠지

안부

나는 잘 지내

멈춰졌던 계절에
색이 입혀지고
소리도 새어나와

그러다 문득, 허공에
혼잣말을 흩트리곤 해
혹여 바람에 실릴까

보통의 하루 속
나는 잘 지내

그러니 부디 잘 지내

06:00

<목비>

서정희

지금보다 어렸던 한때의 열병은
앓을 만큼 앓았기에 그저 식어가는 줄 알았습니다.
이미 황량해진 감성을 가졌음에도
지쳤는데 또 지치고
슬픈데도 더 슬퍼질 수 있으며
죽을 만큼 아픈 와중에도 행복을 느끼고 웃어질 수
있다는 사실에 가끔 놀랐으면서도 말입니다.
이제야 알 것 같습니다.
시간의 흐름에 어쩔 수 없이 무뎌져
버텨지는 것은 아무것도 없다고,
그 간 삶의 갈피 속에는 가뭄에 단비처럼
마음을 적셔준 많은 사랑들이 있었다는 것을요.
우리는 어쩌면
그동안 완벽한 혼자가 아니었기에
더욱 자유로울 수 있었을지도 모르겠습니다.

개똥철학

인생 그렇더라
아무 상관없다가 아무 상관있다가
있다가도 없고 없다가도 있는 것.

오늘은

지나간 모든 오늘이 그랬던 것처럼
오늘은 어김없이 점점 자리를 좁혀 들어옵니다

그러다 마침내
점처럼 남은 하루의 끝에 다다르면
나는 아마도 지나간 대부분의 날 동안
그랬던 것처럼

밤의 끝을 아슬히 버티며
고집스럽게 오늘을 또 유예하려 들겠지요

잠을 자고 싶기도
잠을 자고 싶지 않기도 합니다

그립습니다

대상 모를 어떤 이의 목소리나
온기 따위가

아마도

맑은 하늘에 이따금씩
비가 내리거나 눈이 내리면

익숙한 것과 익숙하지 않았던 것은
끊임없이 충돌하고
끊임없이 서로를 끌어당긴다

이것은 아마도
사랑이리라.

그런 사람

사람이 그립다는 외로운 마음과
책임감이 대립을 이루면
아무나 만날 수 없다는 것을 아는 사람

가끔씩 이렇게
소소한 어떤 기억만으로도
웃어지게 만드는 사람

좋은 곳을 데려가는 건
좋은 신발이 아니라
좋은 사람임을

가슴으로 느끼게 해주는
그런 사람이 있다.

많이 생각하고 고민해 봤자
빠지는 것은 한순간이다

처음부터뻔하고흔하고유치하고그랬어서누구나다그랬던것이고그랬던일이니그것을뻔하지않고흔하지않고유치하지않은일로만든건사실나스스로라여겨내가그렇게받아들였으므로그냥그걸로끝나는것인데어느순간의심이들기시작하니이게정말뻔하지않은일인가?자꾸만너무흔하고유치한일인것만같아부끄러워이렇게숨도안쉬고서둘러말하는것까지도

그대라는 사람

여백이 많은 사람이었다

어딘가 빛 한 줌 바람 한 줌만으로도
영영 자유로워질 수 있는

한없이 맑고 투명한 사람이었다

나도 모르게 자꾸만 가느다랗게 실눈으로
보게 되는 한없이 맑고 투명한

지뢰밭길

인생은
지뢰밭 위를 걷는 것과도 같다
어느 곳에 어떤 크기의 것이 묻혀있는지
전혀 가늠할 수가 없다.

전가

과거에 있었던 상처로 영영
발이 묶여버린 우리는

다가오는 새로운 사람에게
사랑이라는 이름을 가지려면

나의 상처를 무조건 이해하고 받아들일 것을
암묵적으로 종용하고 있었던 것은 아닌지

스스로 풀지 못함에
함께 걷고 싶은 이를 황망히 보내버리고는

미련을 미련스레 내내 붙잡고
뒤척이고 있는 것이

또 이 모든 일이 여전히
반복되는 것을
그 사람 탓으로 돌리고 있지는 않은지

마음의 빈곤

나는 사랑 없이는 못 사는 사람이었다
어느 때는 그걸 인정하고 싶지 않아서
스스로 자괴감에 빠지는 일도 허다했다

외로워서 사랑을 하는 건지
사랑해서 외로운 건지

하루에도 몇 번씩 나는
사랑을 하지 않다가도 사랑을 했고
사랑하다가도 사랑하지 않기를 반복했다.

빠른 사과

내 마음에 괜한 바람이 불어
공연히 너의 머리칼을 날리게 했다면

미안

나는
돌을 던질 수 없다

명확한 기준도 없는 잣대로
모든 이들과의 삶을 저울질하며

가끔씩 무의식중에
내가 그들보다 더 힘들다 생각하던
순간이 있었음을 알았다.

후회

누군가를 담는 일은
내게 너무 벅찬 일이어서

사실 나의 온종일이 당신이었음에도
나는 입을 꾹 다물어버린다

기다리다 지친 당신이 떠나고
내가 당신을 놓쳐버린 후에야,

한참이 지나고도 너무 지나
당신에게서 내가 까마득해질 즘에서야

그때 못 한 이야기를 꺼내어
밤 자락을 붙들고 내내 뒤척뒤척

흰 (방백)

"사람들이 세상의 그 많은 것들을 보면서
각각의 색으로 표현하는 것이 신기해
당신에게 나는 무슨 색일까
내 생각에 나는 늘 희거나 검었지
아니다 그냥 나는 흰 사람
어쩌면 회색으로 보일 만큼 때가 묻었고
이제는 얼룩도 쉽게 지워지지 않는 그런
검정에 가까운 흰"

아무도 때가 묻은 흰색을
검은색이라 하지 않지만
나는 이따금씩 무엇으로부터 상처를
받았는지 모를 때가 있다

지금 이 말을 듣고 나를 보는
당신의 눈이 말하는 것처럼 (한숨)

말로 나를 설명하는 일은 때때로
아주 무의미하다.

징후

이별을 예감하는 일은
생각보다 빠르게 왔다

말 한 토막 작은 단어 사이의
공백 속에 담긴 숨 속에서

먼 곳을 바라보거나
혹 어쩌다 마주친 눈과 눈 사이의
찰나에서 그랬다

순간은 더욱더 짧아지고
풍경은 늘 흑백이며

서로가 등을 보여야만 우리의 걸음은
가벼워졌고

우리는 매번
서로의 표정을 기억하지 못했다.

신기루

울음 그친 하늘은 다시 아득히 높아
맑을수록 왠지 내 것이 아닌 듯 멀기만 하네

잡을 수 없는 게 어찌 빛뿐일까
가까운 듯 실은 멀리 있는 것들

흔한

다시 시작은 어려웠으나
다시 이별은 너무나 쉬워져 있었다

제대로 전달되지 못한 마음은
과도한 배려가 만든 수수께끼 같은
문장들 탓이려니

미안하다거나
앞으로 잘하겠다는 말들은 이미
상투적으로 너무 많이 쓰여 감응조차 없다

마음을 쓴다는 것이
굳어진 잉크로 써 내려간 듯
뻑뻑하기만 하다

우리는 늘 그렇게 이별로 향했다.

나는 여전히
고통을 놓지 않았다

사랑의 끝을 모르고 뛰어든 그 시절
분명 좋았던 날들이 대부분이었지만
그 속에서도 늘 방황을 했다

나는 점점 작아지기만 했고
나는 늘 나를 탓했다

노력해도 고칠 수 없었던 상황과
서로와는 무관한 현실의 벽

불안 속에서는
모든 것이 필연적인 것을

다시 있을 상황들에
무너지지 않을 수 없다는 것을 깨달았을 때
더 이상 돌아갈 수 없음을 알았다

그저 지금을 버텨 살아내야 하는 것이
중요하다는 걸 알아버린 나이였다.

끝나봐야 아는 문제

괜찮아지기 위해서는
큰 용기와 많은 인내가 필요하지만
그보다 먼저 다시 그 일들을 상기시켜야 한다

하여 모두는 다시라는 말을 위해
그 길을 한 번 더 걷기로 한다

그렇게 그 길 끝에 선 서로에게
우리는 무엇을 내밀었을까

온기가 가득한 손이었을까
아니면 날이 선 칼끝이었을까

솔직해지자면

가끔 그립지 않다면 거짓말이겠죠

그대 얼굴 아닌
그대 이름 아닌
그저 그때
그저 그 자리에서

함께이기에
풍요로웠던 행복.

한날 모래

파도가 부지런히 밀어다 놓은 백사장에
햇빛이 드리우면 모래알들은 마치
낮에 뜬 별처럼 소란스레 반짝입니다

하지만 그대 아나요
가까이 들여다본 모래는 그저
아무것도 오래 새겨질 수 없을 만큼
빨리

상처를 다른 상처로 덮어
자신을 소멸시키는 과정을
무한 반복할 뿐이라는 것을요.

어쩌면 대신 우는 것인지도 모르겠습니다

물광 어린 검은 아스팔트 길 위로
빛들이 일제히 눈물을 쏟는다

색이 있는 모든 것은 실로 더 짙어져 갔지만
시야는 꿈결인 듯 뿌옇게 흐려지고
가까이 잎새와 가지에 매달린 빗물들은
버티지 못하고 자꾸만 미끄러져 내렸다

우산 위로 하늘이 일제히 운다
무엇을 가린지 모를 만큼 나는,
엉망으로 젖어버린다.

감기

바깥의 계절은 계속 바뀌는데
내 안은 늘 겨울이죠

그래서 자꾸
마음에 감기가 드는 건지도 모르겠어요.

이방인

누구나가 다 이방인
내 인생에 닿았어도
스며들지 않으면 그저 스쳐지는 것

네가 말한 떠난다의 의미는 무엇이었을까
아마도 우린 또 이렇게 엇갈린 것이리라.

문 앞에 그대에게

문이 닫히고 나서야
다시 들어가는 일이 얼마나
어려운 일인지 알았어요

대수롭지 않다고 여겼던 모든 당연함은
영속적으로 감퇴되어
상실된 지 오래죠

늦었어요 정말로,

뜨겁게 타오르다 차라리 재가 되더라도
그때 우리는 서로를
그 자리에 그냥 놔뒀어야 했어요

이제 그만 돌아가요.

인연

모든 게 너무 순간처럼 느껴져서
끝인 듯 끝이 아닌 긴 시간을 보내겠죠

그대가 할 수 있는 건
그때도 지금도 더 이상 없으니
미안해하지 마요

마치 바람이 지나가듯 보내요
지나쳐야 바람이 된다는 것을 우리는 알죠

손을 뻗어도 잡히지 않죠
그래야 그대가 더 무겁지 않을 테니까

바람인 듯 가요

된다면 언젠가 우리는
포근한 미풍처럼 그렇게 다시
서로의 옷깃을 스칠 겁니다.

매듭

딱 너와 나만 두었을 때
내가 가진 감정의 크기만큼
최선을 다해 노력했다

설명도 잊지 않았는데
너의 조급함은
내 말이 들리지 않았나 보다

잘 마무리 짓지 않으면
아무리 공들여 만든 견고한 매듭일지라도
줄 하나 당기면 쉽게 풀리고 말지

생각보다 많이 어려운 일인 걸
인연을 맺는다는 건.

배려인 걸까요

문득 배려인가 생각했습니다
이별은 두 사람이 했는데
끊어진 인연은 무수하니 말입니다

어떤 이의 부재로
우리는 왜
안부도 물을 수 없게 된 건가요

이해가 되기도
되지 않기도 합니다

암묵적으로
무수히 많은 것들을 끊어내는 것이
당연하다는 생각이 드는 것 말입니다.

자괴감

돌아가고 싶은 것은
놓아버린 것을
붙잡기 위함이 아니라

좀 더 성숙하지 못했던
나 자신에 대한 후회이자 번민 때문이다.

화차(花茶)

꽃이 지는 것은 순간이었다

바짝 말라진 꽃잎에 물을 부으니
마치 다시 살아나는 듯싶었다

하지만
향을 녹여낸 물이 마르고 난 후
꽃잎은 어쩐지 더욱 처절하였다.

그리움

숨기고 싶어 동그랗게 말아 굽어진 등
이제는 서서히 잊혀갈 그 밤

색을 잃은 꽃잎처럼 부질없이 흩날리던 눈발
그 속으로 뿜어진 한숨마저 얼어붙는 듯
오로지 차갑기만 한 그 밤

텅 빈 줄 알았던 그 창백한 계절은
또 한 번의 이별 앞에 스스럼이 없었고

그대는 그 계절 따라
시시한 기억으로 남아줬으면 좋았을 것을

이미 수척해진 기억 속에서도 기어이
그리움으로 피어나

여러 번의 봄이 와도 여전히
피고 지기를 수십수천 번

자기 연민

참 애썼다
돌이켜보면 내 잘못이 아닌 것도
관계가 무너지는 것이 두려워

나를 탓함으로써
덮어두고 지나친 일도 참 많았다.

들어보세요

지금 당신 곁엔 누가 남아 있나요?

조건 없이 당신을
당신 자체로만 봐줄 수 있는 사람

오해 없이 당신이
어떤 말을 해도 들어줄 수 있는 사람

지금 당신 곁엔 얼마나 남아 있나요?

들어보세요
나는 당신 없이도
행복할 수 있는 사람입니다

내가 그런 사람이 되어 줄 수 있게끔
여전히 믿음을 주는 사람들이 늘 곁에 있거든요

나는 당신의 기억 속에서만
그대로일 뿐입니다.

어느 날 갑자기

벽처럼 서있던 창문이 활짝 열리는 것을
물끄러미 바라보고 있자니

살짝 습기 머금은 풋풋한 풀 내음이
왈칵 들어선다

돌아온 자리에
그대로 일 수는 없는 것들에
대하여 생각한다

한때는 열렬했던 것들이
너무 아무렇지도 않게 되어버린
허무에 대해서도 생각한다

어딘가를 끝으로 머물 수 없다는 것은
얼마나 불안하고 또
외로운 일이던가.

결심

꿈이 있어도
닿지 않아 힘들고

기다림이 있으나
언제 올지 몰라 힘들며

사랑하였으나
돌아오지 않아 힘들다

잃었기에 소유하였음을 알고
소유하였었기에 잃음을 감당하기로 한다.

그 여행의 끝

여행의 묘미는 돌아옴에 있다

억지로 지우려 애쓰기보다
너 아직 거기 있는 듯
여전히 생생한 기억들을

때론 눈물로
때론 미소로 쓰다듬으며
그렇게 너를 추억으로 지난다

그 정도의 시간과 마음을 들였는데
괜찮지 않은 것이 당연하지

아파도 괜찮고
슬퍼도 괜찮고
괜찮아도 괜찮다

나에게 주어진 네가 없는 시간은
너와의 추억을 미화 시킬 것이고

그렇게 난 좋았던 기억만 가지고
살아가면 된다

누군가 선을 그어준 듯
끝의 순간은 기어이 찾아왔지만

나는 너와 함께한 지난 시간들을
더 이상 슬퍼하지 않는다

충분히 감동스러웠으며
충분히 아름다웠다.

지나고 나면 아무것도 아닌

너도 알다시피
나는 선택의 기로에서 거의 대부분
어려운 길을 택하곤 했다

그래서 고장이 자주 났다
그런데 그것도 반복이 되니
익숙해지더라는 것이다

지금 서 있는 이곳도 어쩌면
돌아서 가고 있는 길목일 수도 있겠지만
적어도 지금의 나는 제법 단단해졌다

뒤돌아보지 않으면
옆길을 곁눈질하지 않으면

썩 나쁘지 만은 않을지도 모른다는
생각이 들 정도로 말이다.

고요

비가 그치자 무수하게 피어나던 파동들이
이내 잠잠해졌다

이따금씩
미처 메마르지 못했던 마음 어딘가로
던져지던 돌들도 제법 잠잠해졌다

턱을 괴고 소리를 듣는다
톡톡

그친 줄 모르고 여전히 마른 바닥을 치는 것은
어리석은 미련이려니

곧 스며들어 흔적조차 없다.

노트 갈피

어느 날인가는 늘 걷던 길목 어귀에서
아직 푸르던 기억을 다 잃지 못한
네 생각 하나가 내 발끝으로 툭 떨어졌다

너와 보낸 모든 시간들은 마치
어제 하루였던 듯
안 괜찮을 줄 알았던 시간들이 지나

어느새 조그맣게 뭉쳐지고 닳아져
둥글둥글 해졌다

몸을 숙여 속절없이 나동그라진
그 하나 가만히 주워
차마 채우지 못한 노트 한편에 담아낸다

나는 이제서야
너를 추억할 수 있게 되었구나.

위로

지난 비바람에
기어이 쓰러지고만 장미 꽃대를

어머니는 낡은 운동화 끈으로
아무지게 묶어 다시 세워 놓으셨다

때로는
내 의지대로 할 수 없는 것도 있는 거지
그럼 또 누가 이렇게 도와주기도 하는 거고

내 어머니의 손길이 닿은 장미꽃 나무가
내 키보다 한 뼘은 족히 높아졌다.

밤 편지

노력하는 중이에요

너무 가라앉지도
너무 떠오르지도 않기를 바라죠

달은 항상 차있지 않아요
나는 그저 그런 달을 닮았을 뿐이에요

늘 차있을 수 없다는 것을
잘 알죠

서둘러 소원하지 않아요
언젠가는 또 차오를 테니

그러니 그대

나를 걱정하지 마세요.

쇠후

그녀의 아픔은 늘 뒷전이었다

피나고 멍들고 곪아 터져
끝끝내 거칠게 아물어 버리고 만 후에도
그랬다

하여 늘 그렇듯
나 이렇게 아팠어라는 말조차
흐리게 지나버리는

다른 이들에게
그녀의 시간은 아마도 멈춰져 있음이
틀림없다

그녀가 늘 그 자리에 있음이
너무나도 당연하여,

그녀는 더 이상
뜨겁지도 차갑지도 않았다.

서로의 거리

침묵 속에서 혼자 있고 싶지만
적막은 싫었던

마음이 채 채워지지 않은
빈 위로를 건네는 것을
빈 마음이 반긴다

누구도 서로를 탓할 수 없다
그것이 서로 만든 거리인 것을

서커스장 (도시)

멀리서 바라보는 그곳은
고독하고 동시에 유혹적이다

의지 없이도 어디로든 흐를 수 있는
막연한 유동성의 공간

현기증 나는 그 혼란 속
나의 부재에 대한 안도감

한치의 편안함도
눈에 띄는 자유도 용납되지 않는다
아슬아슬 위태롭다

상황은 늘 동시다발적으로 벌어지고
우리는 그 이유를 알 필요가 없다

입을 벌리고 쳐다만 본다
아, 나의 부재에 대한 안도감.

여한(餘寒)

세상 못 갈 곳 없어 보여
내게는 낯선 길로만 들어서는 사람을
동경하여 쫓다 보니

아주 사소한 이유만으로도 생각들은
비온 뒤의 거친 잡풀처럼 무성해져
끝내 밟지 않고는 갈 수 없는 늪지가 되었고

뿌리를 내리고 서있는 것들이 모두
이유 모르고 그림자를 쏟아내듯
나는 웃으면서도 왜 웃는지 모르고
울면서도 왜 우는지 몰라

기어이 놓치고 마니
그대는 마치 환영인 듯 내내 보던 뒷모습으로
여전히 한 번 뒤돌아봄이 없다

가도 가도 멀어
차마 어쩌지 못해 제 자리에 서버렸다

그때 그냥 주저앉아
엄마 손 부여잡고 펑펑 다 울기라도 했으면
아직까지도 이렇게 눈물이 남아
콧잔등이 시큰해질 일은 없었을 텐데

이제는 그러지 말아요

누군가 어른이 되는 건 뭔지 물었어요
이제 말할 수 있을 것 같아요

뜨뜻미지근해지는 거
쓸데없이 모든 게 마지막 같아지는 거라고

다른 이 위해 나 하나쯤은
이제 어떻게 돼도 상관없다는 마음으로
나를 내 스스로 져버리는 거라고

좋아하던 취미를 버리고
좋아하던 입맛도 바꾸는 것이
마치 너무도 당연하여 자신조차도
원래 그랬었나 착각하게 만드는 거라고

나를 돌보지 않고
나를 가꾸지 않는 거라고
나는 그렇게 배웠거든요
부모님께.

탄생일

내 조카가 태어난 날의 기분은
아직도 생생합니다
뭔가 뜨거운 것이 울컥 치밀어 올라
공연히 자판을 두들기며 감정을 누르던 그날

감동 행복 그리고 약간은 아린
앞으로 새 부모가 짊어져야 할 고단함
내 부모의 감회 그리고
모두들 일부러 꺼내지 않았던 아픈 기억들
그런 것들이 한데 뒤엉킨 여러 복합적인 감정

탄생은 아마도
잠시 멈춰서 돌아보게 만드는 묘연한 회환
현재를 꿈처럼 만드는 경건함 그리고
삶에 지친 이들에게 주어질 생기가 아닐까요

이 모든 것을 가능케 해주는
내 소중한 이의 서막이 열리던 날
그날의 기분은 아직도 생생합니다.

이른 낙화

못다 핀 꽃이라기에
그대는 참 아름답고 고와서
마치 활짝 핀 꽃 같았다

마른 가지와 가지 사이에
천진한 꽃봉오리 하나 남겨두고
간절한 마음으로
한잎 두잎 떨구었을 그 애달픈 마음 닿아

저 꽃봉오리 꼭 그대처럼 고운 꽃피워낼 테니
그대는 이제 져버리지 않아도 되는
그곳으로 가자

걸음걸음 무거웠던 짐
하나씩 하나씩 내려놓으며
돌아보지 말고 가자

안녕 고운 사람아

외로움은 마음에서 비롯된다

나의 한계 속에 갇혀
미루고 미뤄지던 인연들
작고 큰 깊고 얕은 모든 인연들

막상 다시 보면 알아요
우리는 여전히 그 시절 그 시간 속에
그대로란 것을요

이보다 위로가 되고 고맙고 또
설레는 일이 있을까요?

좀 살다 보니 그대로 있어주는 것들이
얼마나 고마운 일인지

있는 인연에만 충실해도 아마 우리는
외롭지 않을 수 있을 텐데 말이죠.

피곤

무의식중에 아무것도 하지 않고 있음을
감추지

아무것도 안 하고 누워있다가도
전화벨이 울리면 벌떡 일어나 앉아
목소리를 가다듬는 나를 발견해

의지에 의해 아무것도 하지 않음은
분명 자유가 맞는다고 스스로 합리화하면서도
나는 또 감춰

감춘다는 것은 일종의 죄의식을 피력하는 일

무엇이 아무것도 하지 않을 자유에도
죄책감을 심게 만들었을까

의식적으로 몸에 힘을 빼보면 알아
지금 내가 얼마나 힘을 주고 살고 있는지.

욕먹지 않게 일탈하기

고착되어 있던 나의 생활도
노력하면 벗어날 수 있는 습관이 되고
그 습관은 나를 변화시켜줘요
많은 것들 그중 제가 제일 못하는 것은
나를 위해 돈을 쓰는 일이에요
오로지 나를 위해서
오늘 주머니를 열어 선물을 사봅니다
그리고는 포장도 뜯지 않은 채 두었어요

안에든 것이 무엇인지
나는 이미 잘 알고 있어요
하지만 그렇다고 해서
설레지 않는 것이 아니라는 걸 알았거든요
아마도 이 설렘은 샀다는 행위보다는
나를 위해 내가 존재함을,
나도 나 스스로를 위로할 수 있음을 알게 된
반가움일 겁니다.

그리고 해원(海願)

너는 푸른색을 좋아한다고 말했다

깊은 바다색
해 질 무렵의 하늘색
구름 한 점 없이 맑은 하늘

보고 있으면 빨려 들어갈 것 같이
그런 깊은 푸름이 좋다고 말했다

하지만 지금 너의 푸름은
이런저런 색이 섞인 탁한 남색인 것 같다고
추워서 힘들다고 너는 덧붙여 말했다

도무지 완성형이 될 수 없는
너와 나의 서른은
서글프고 시려 어쩌면
눈물을 흘리는 날이 더 많아서
남들보다 좀 더 녹슬어 있는지도 모르겠다

그래도 있지, 나는 생각해

그것들이 줄곧 작고 하얀 결정들이 되어
우리의 강이 깊고 깊은 바다가 될 수 있게
해주지 않을까 하고.

비로소 봄

아마 욕심이었을 겁니다

아홉 가지의 무난하고 좋았던 것보다는
한 가지 불만에 전혀 행복하지가 않았던,
스스로는 행복을 만들 줄 모르는 사람

돌이켜보면 아무것도 하지 않았어도 됐었지요
스스로 만든 조급함에 떠밀려
무어라도 했고 그 대부분은 후회로 남았습니다

어느 책에선가 읽었어요
좋고 나쁨은 그대의 마음속에서만 일어난다

지금 저는 전보다 나이가 들었고
이루고 싶었던 꿈과는 점점 멀어지고 있지만

마음을 내려놓기는 좀 더 쉬워졌고
소소하고 소박한 일상에 만족하고
행복함을 느끼는 일은 더 잦아졌지요

마음이 고요해지면 알 수 있어요

나는 행복해야 할 이유가
훨씬 더 많은 사람이란 것을.

그대라는 꽃

그대는 제 몸뚱이만큼
빛을 가려 만든 어둠에 속아
나는 검은 사람이요 한다

그대는 떨어진 꽃송이를 보며
나도 저 꽃처럼 떨어져도 여전히
아름다운 사람이 되었으면 좋겠다 한다

그대는 늘 피워내고 있지 않지만
떨어지고 져버려도
매번 다시 피워내고야 마는 꽃이다

그대는 늘 화사하고
피어있지 않아도 향기롭다

그대만큼
한없이 눈부신 꽃이 또 어디 있을까
그대가 꽃임을 그대만 모른다.

너를 너무 헛되이 쓰는 너에게

다른 누구들과 비슷하거나 같은 걸
가지고 있더라도
너는 너이기 때문에 특별하다

너는 네가 특별하지 않다고 말하지만
네가 말하는 평범함도

누군가에겐 아주 큰 의미가 되고
세계가 되기도 한다.